पद्मश्री प्राण

मॉरिस हार्न, वर्ल्ड एन्सायक्लोपीडिया ऑफ कॉमिक्स के एडिटर ने कार्टूनिस्ट प्राण को 'वाल्ट डिज्नी ऑफ इंडिया' कहा है।

उनकी कॉमिक्स पीढ़ी दर पीढ़ी बढ़ते हुए नौजवानों की हमेशा साथी रही हैं। उन्होंने अपने कैरेक्टर्स 'चाचा चौधरी, साबू, श्रीमतीजी, पिंकी, बिल्लू, रमन' इत्यादि के मनोरंजन का भरपूर लुत्फ उठाया है। उनके 600 से ज्यादा टाइटल्स मार्केट में बिक रहे हैं और दर्जनों स्ट्रिप्स न्यूज पेपर्स में छप रहे हैं। चाचा चौधरी पर आधारित एक टी. वी. सीरियल के लगातार 600 एपिसोड तक एक प्रमुख चैनल पर दिखाए गए।

विश्व के कई देशों का भ्रमण कर चुके, प्राण को 'लिमका बुक ऑफ रिकॉर्ड्स' ने 'पीपुल ऑफ द ईयर अवार्ड' से सम्मानित किया है। 1983 में उनकी कॉमिक बुक– 'रमन, हम एक हैं' का विमोचन तत्कालीन प्रधानमंत्री श्रीमती इंदिरा गांधी ने किया।

प्रकाशक

चाची, मायावी ! कैसी हो ?

मुझे जादूगरनी मायावी, कहो ।
!?

भतीजे, धमाका ! एक अरसे बाद आना हुआ ?

आंटी ! चाचा चौधरी को वश में करने का कोई उपाय बताओ ।

शम...शम...दम...दम...

2

हैं !! बोतल ?
!?

यह बोतल ले जाओ।

और इसमें चाचा चौधरी को बंद कर दो।
आंटी ! सठिया गई हो, इतनी छोटी बोतल में बड़ा आदमी कैसे आएगा ?

गुस्ताख़ ! तू मायावी की माया को नहीं जानता।

दम...दम... मस्त कलंदर...

.....आदमी बोतल के अंदर !
सरीटं !

लंपट छोटा होकर बोतल में बंद हो गया ?

जादूगरनी, आंटी ! मुझे बाहर निकालो !
मेरा मजाक उड़ाने की सजा भुगतो !

आंटी ! इसे माफ कर दो !
ठीक है ।

बम...बम...बंटाधार, आजा बोतल से बाहर !
फर २ २!

शुक्र है, आजाद हो गया।

मायावी, आंटी! मुझे ऐसी दो बोतलें चाहिए, एक में चाचा और दूसरे में साबू को बंद करुंगा।

शम...शम...दम...दम...
ये बोतलें हाथ में पकड़कर मंत्र बोलना...
दम...दम...मस्त कलंदर, आदमी बोतल के अंदर! दुश्मन बंदी हो जाएंगे।

वाह! काम बन गया।

सर्रा॓ट!
DLH

बॉस ! जीप को दुश्मन के घर की ओर रफ्तार दो।

जूम म !

अहा ! वे तो बीच रास्ते में मिल गए।
चाचा और साबू मैं तुम दोनों को इन बोतलों में बंद करके हमेशा के लिए समुद में फैंक दूंगा।
लगता है, ये बोतलें पी कर तुम नशे में हो ?

जल्दी से जादुई मंत्र बोलो, दम...दम... मस्त क्लंदर, आदमी बोतल के अंदर!
चाचा, खबरदार! शम...शम...

छलांग !
ओह! यह पिल्ला बीच में कहां से आ गया ?

गर र र !

अब बोतलें मेरे हाथ में हैं, अब मंत्र भी मेरा ही चलेगा।

दम...दम...मस्त कलंदर... आदमी बोतल के अंदर!

आज़ादी !
बाहर निकालो !
हा ! हा !! बिल में फंसे चूहे ।

जैसी करनी, वैसी भरनी !

साबू ! यह हमें बोतलों में बंद करके कहां फैंकना चाहता था ?
दूसरों के लिए गड्ढा खोदने वाला खुद उसमें गिरता है ।

इनकी गलती की क्या सजा दी जाए ?
www.chachachaudhary.com

इन्हें वहां पहुंचा दिया जाए, जहां ये हमें भेजने आए थे ।

साबू ! फार्मूला नंबर - 240 !
चाचाजी, मैं समझ गया ।

निकल, यहां से !

जहां गुरू...

...वहां चेला !...

छपाक

प्लीज ! कोई हमें बाहर निकाल दो ।
अब तो मछलियां हमारा मुरब्बा खाएंगी ।

बॉस! यह शार्प कटर है।
इसने अब तक कई गरदनें काटी हैं।

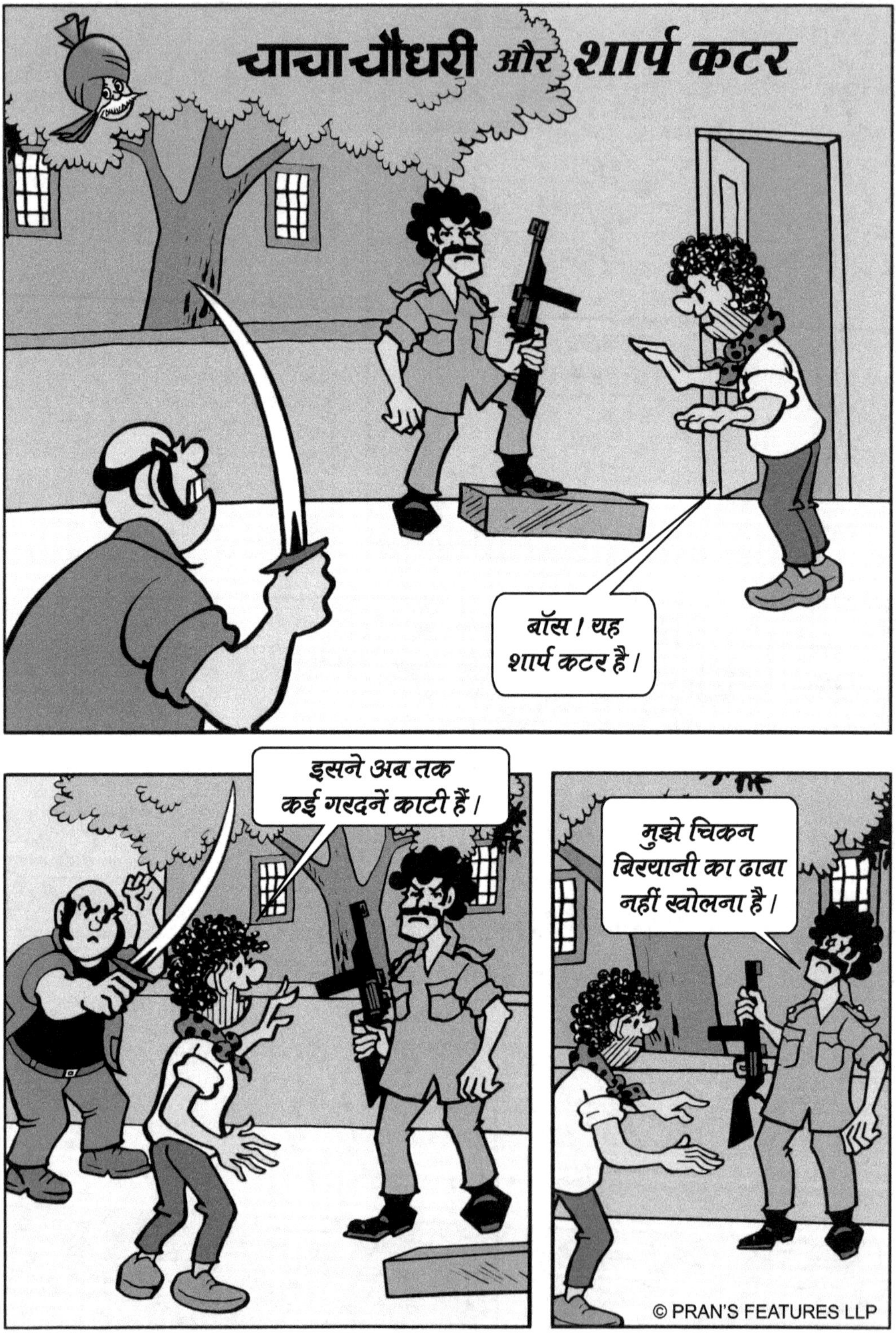

मुझे चिकन बिरयानी का ढाबा नहीं खोलना है।

बॉस, तुम समझे नहीं !

यह अपनी तेजधार तलवार से चाचा चौधरी की गर्दन हलाल कर देगा ।
सच में !

तभी तो सब इसे शार्प कटर बुलाते हैं ।
अगर यह ऐसा कर देगा तो मैं इसे नोटों में तोल दूंगा ।
मैं एक ही झटके मैं उसका काम तमाम कर दूंगा ।
करके दिखाओ तो मानू ?

धमाका ! तुम नोट गिनो...

www.chachachaudhary.com

चाचा चौधरी तो मैं हूं।
हैं !!

दो दो चाचा चौधरी ? डबलरोल !
वह मेरा भाई छज्जू चौधरी है, उसे छोड़ो मेरी गर्दन हाजिर है।

वह मुझे बचाने के लिए झूठ बोल रहा है।
ओफ हो ! कौन झूठा है कौन सच्चा ?

असली चाचा चौधरी की एक निशानी है। इधर आओ, मैं बताता हूं।

जल्दी बताओ।

यह निशानी है।
धड़ाक !
आऊ ऊ !

13

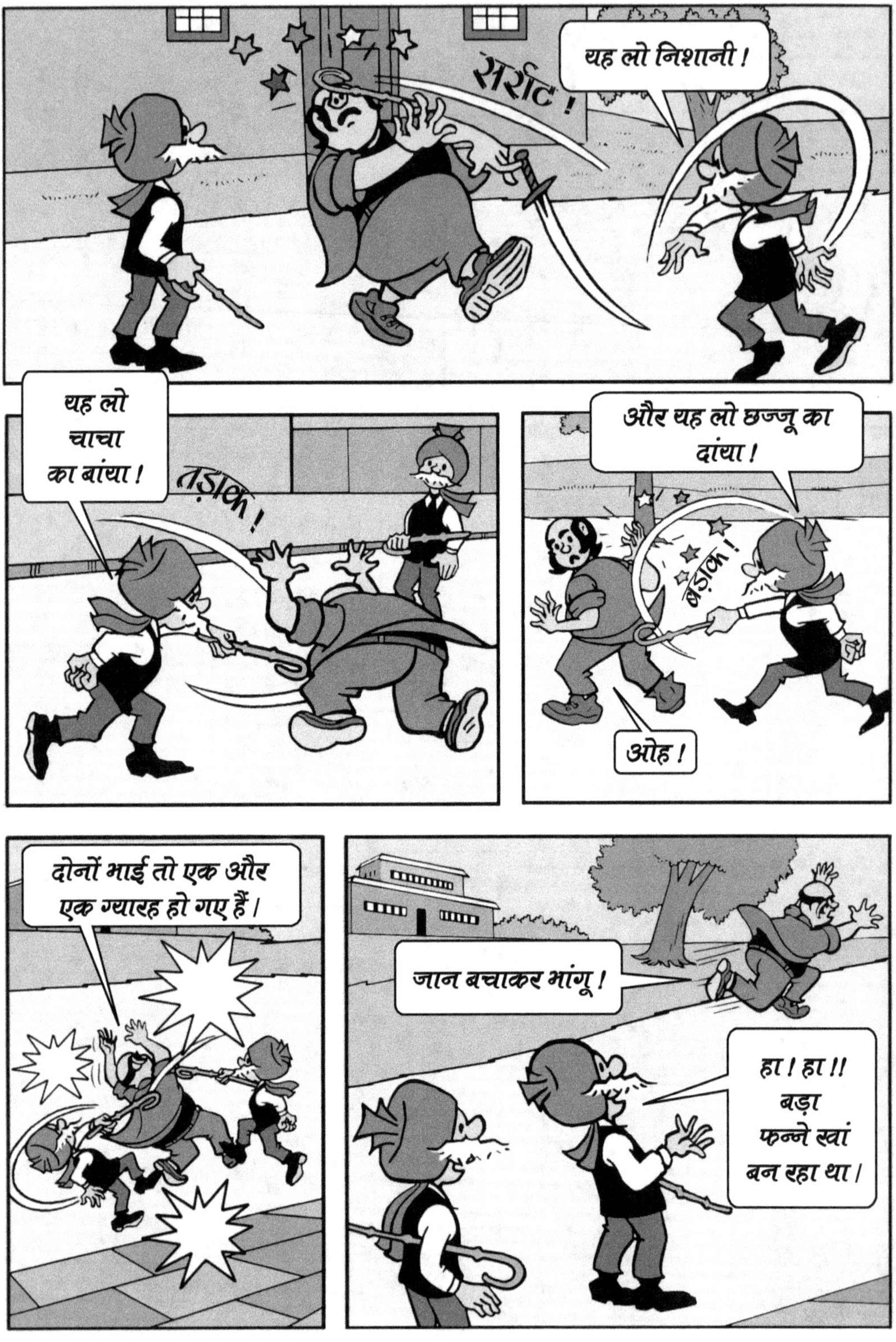

यह लो निशानी !

सर्राट !

यह लो
चाचा
का बांधा !

तड़ाक !

और यह लो छज्जू का
दांया !

बड़ाक !

ओह !

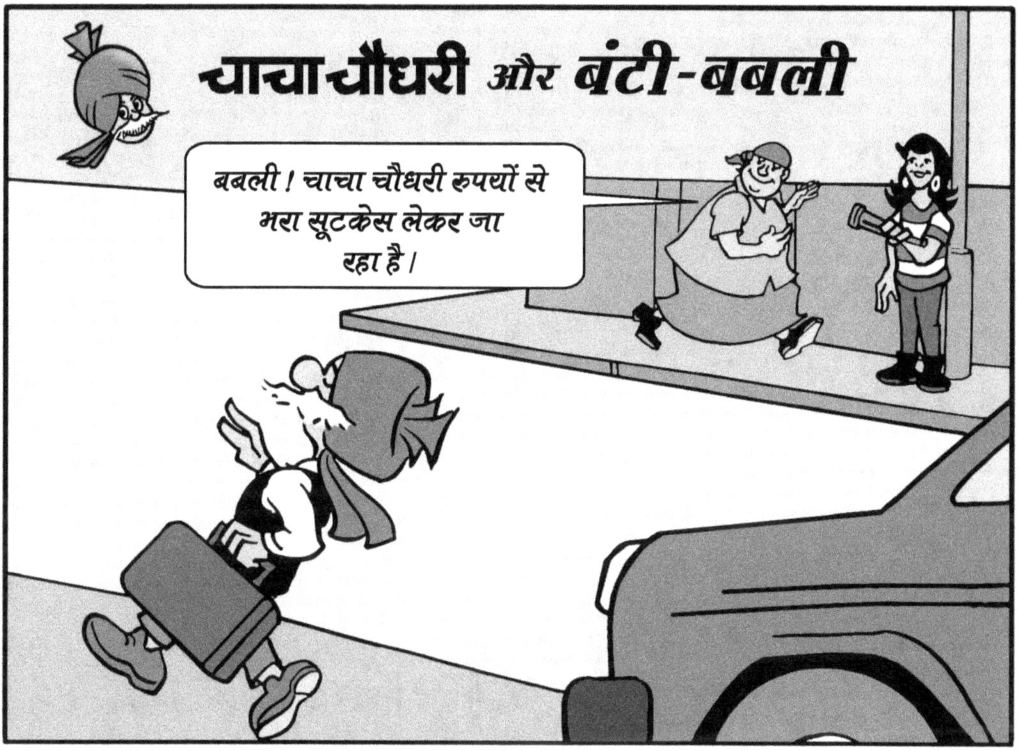

चाचा चौधरी और *बंटी-बबली*

चाचाजी, आपने लंबी पूंछ वाला धुमकेतू तारा देखा है ?
पुछल तारा !

हमारी दूरबीन से वह दिखाई दे रहा है ।

अच्छा ! दिखाओ, मैं भी देखूं ।
मुझे तो कोई तारा नहीं दिख रहा ।

मैं सूटकेस लेकर भागूं ।
लगता है, आपकी आंखों में मोतियाबिंद उतर आया है ।
© PRAN'S FEATURES LLP

!!

रुक जाओ, नहीं तो पछताओगे ।

हा ! हा !! आज हमने चाचा चौधरी को लूट लिया ।

जल्दी से सूटकेस खोलो और माल निकालो ।

धड़ाक !
आऊ ऊ !

तुम्हारे आसपास तो कई तारें घूम रहे हैं।
चाचा, तुम्हें चालाकी महंगी पड़ेगी।
तुम अब नहीं बचोगे।
सीटी!
बाप रे!
बचाओ!
बाऊ! बाऊ!!
www.chachachaudhary.com

18

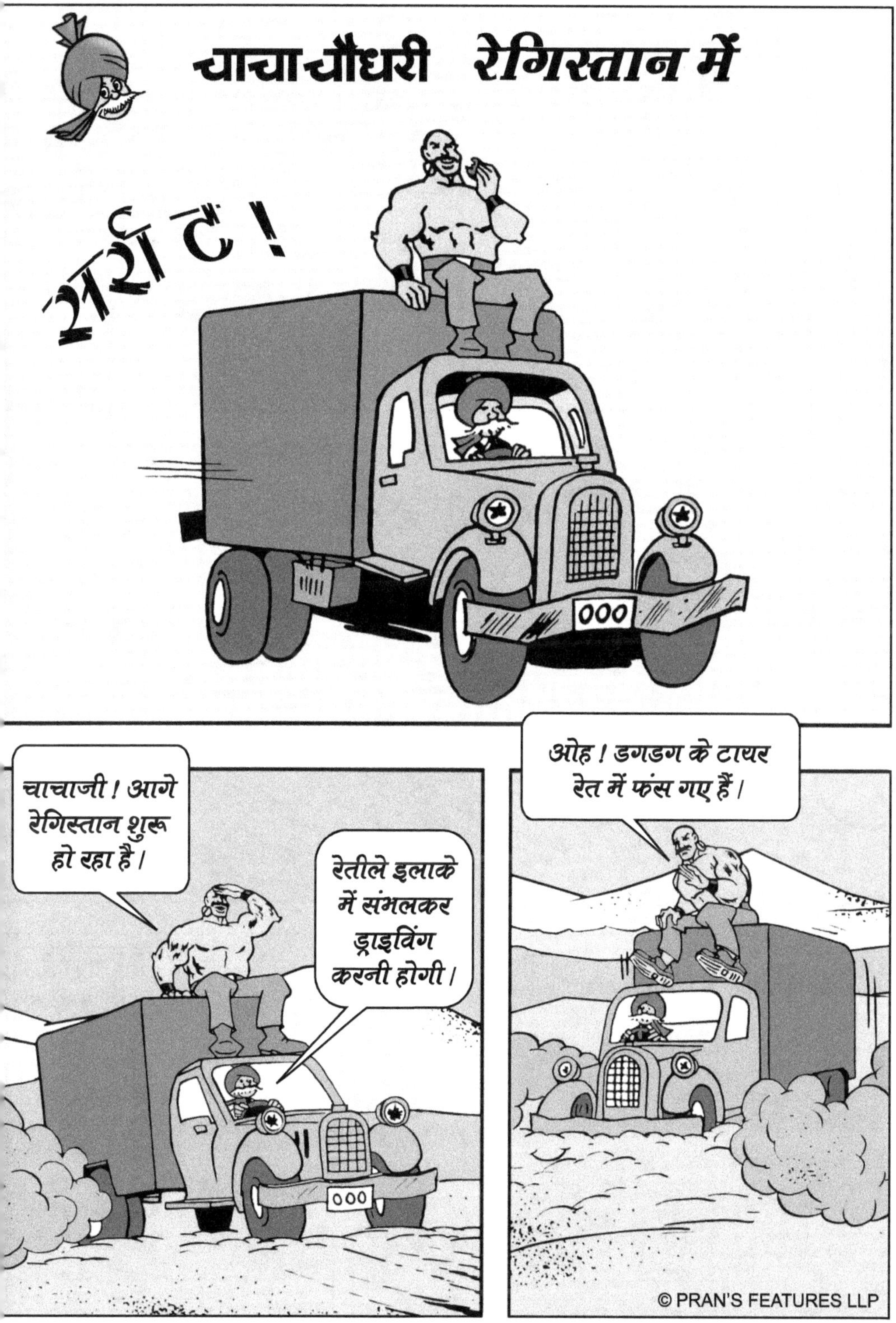

चाचा चौधरी रेगिस्तान में

डगडग थक गया है। थोड़ा सुस्ता लेते हैं।

फर रर!

रेत के टीलों में तीनों ढक गए।

मेले में मुझे अच्छा मुनाफा हो गया।

अपनी जेबें खाली कर दो ।
नहीं !

मुझे न सुनने की आदत नहीं है ।

धांय य !!

ओह ! गोली की आवाज ?

यहां तो एक और बकरा भी है ?

तुम्हारा सामान कहां है ?
रेत के नीचे दब गया है ।

वाह ! काफ़ी माल लगता है ।

अब यह सब हमारा है ।

?!

सर्रर् ट !

काकरोच ! तुने मेरी नींद खराब कर दी ।

चल उड़ जा !
किक !

वह कहां गिरेगा ?

मिश्र के पिरामिड पर ।

हमारे सरदार को मारा ।

लंबे जिराफ ! तुम्हारी कब्र अब इसी रेत में बनेगी !

मेरा भाला तुझे ढेर कर देगा ।

सर्र् रार्ट !
ओह ! छूकर निकला !

मेंढक ! तू बहुत टर्र कर चुका ।
ढिशूम !
हाय, मरा !

ठिगने, तुझे गाजर की तरह काट डालूंगा ।

फार्मूला नंबर-140 !
आऊ ऊ !

धड़ाक् क!
आऊ ऊ!
जाओ! बहुत फुदक रहे थे।

बड़ाक!
आऊ ऊ!

जान बचाकर भागो!
रुको! मच्छरों, बहुत भिन भिना रहे थे।

आओ, चलें! डगडग की थकावट दूर हो गई होगी।

चल भई, डगडग!
अब आगे का सफर करे।

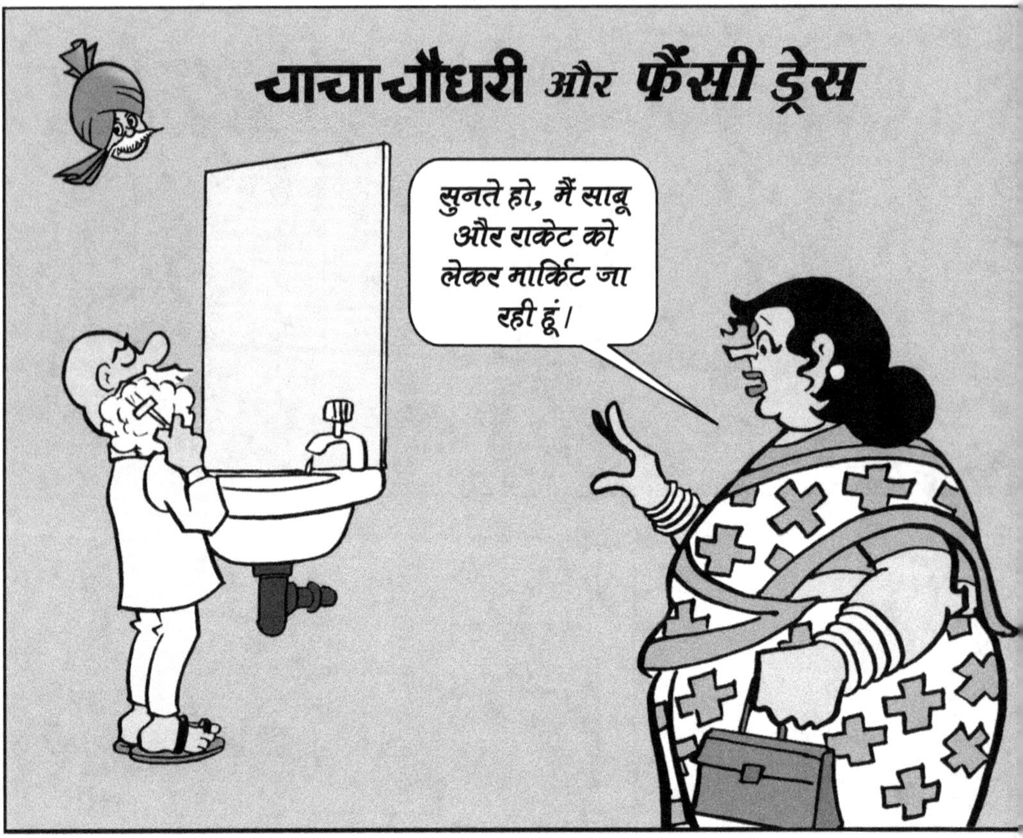

सुनते हो, मैं साबू और राकेट को लेकर मार्किट जा रही हूं।
तुमने कुछ मंगवाना है तो बोलो।

पसीना पौंछने के लिए रूमाल लेती आना।
ठंडे मौसम में पसीना ?

तुम्हारे शॉपिंग बिल देखकर आ ही जाएगा।

पीछे से घर का ख्याल रखना।

पोपट! चौधरी घर में अकेला है।

मैं जाकर उसे चित्त करता हूं।
रामलीला के फ्लॉप एक्टर, चौपट! तुम चाचा का क्या बिगाड़ सकते हो?

27

मेरे पास यह गोरिल्ला का ड्रेस है।

मैं गोरिल्ला बनकर अचानक चाचा के सामने जाऊंगा।
उसको क्या फर्क पड़ेगा ?

वह हक्का बक्का हो जाएगा और डर के मारे उसका हार्ट फेल हो जाएगा।
स्कीम तो अच्छी है।

करके दिखाओ।

अरे, वाह! तुम तो सचमुच गोरिल्ला लग रहे हो।

अब देखना, मेरा कमाल।

अरे!!

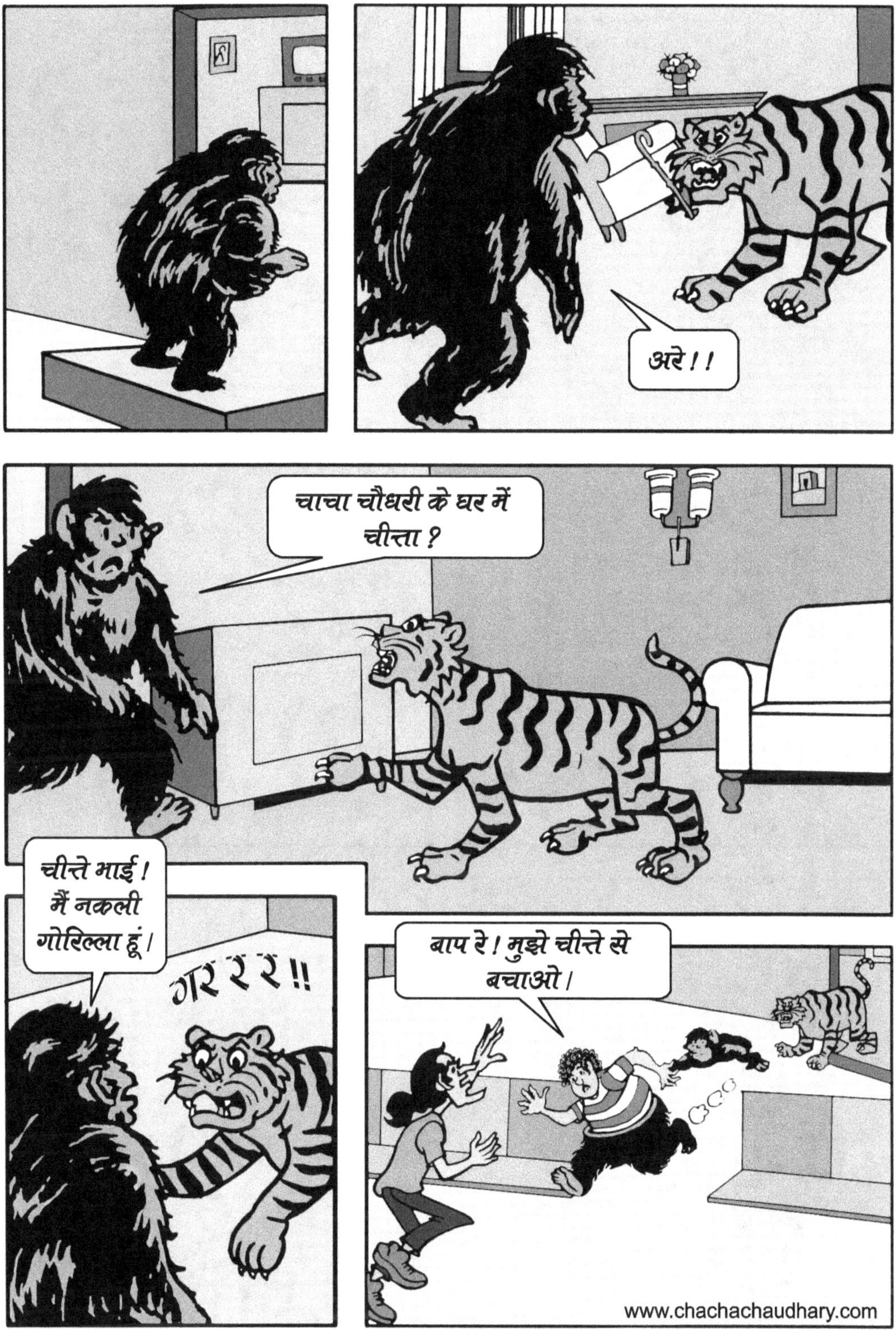

चाचा चौधरी के घर में चीता ?

चीते भाई! मैं नकली गोरिल्ला हूं।
गरररर!!

बाप रे! मुझे चीते से बचाओ।

ओह ! जान बचाओ !

कमाल है, चाचा चौधरी ने अपने घर में टाइगर पाल रखा है ।
हा ! हा !!
चीत्ता इंसानी हंसी हंसता है ?
मुर्ख़ों ! नीचे आ जाओ ।

मैं तो फैंसी ड्रेसी शो की रिहर्सल कर रहा था ।

चाचा चौधरी और कीमती हीरा

बीनी ! परांठों की खुशबू से राकेट के मुंह में पानी आ रहा है ।

चाचाजी, मैं लुट गया ।
क्या हुआ ? सुनार माणिक चंद !
मेरे गहनों के शोरूम पर एक बड़ा और कीमती हीरा पॉलिश होने आया था ।

31

वह हीरा चोरी हो गया है। ग्राहक आकर हर्जाना मांगेगा और बदनामी भी होगी।
ऐसा कुछ नहीं होगा, हीरा मिल जाएगा।

तुम निश्चिंत होकर जाओ, मैं कल तुम्हारे शोरूम पर आऊंगा

अब सब आपके भरोसे है।

अगले दिन।

Jewellers

हम अपनी बेगमों के लिए हीरे खरीदने आया है।
ऐसा बेहतरीन हीरा आपको कहीं ओर नहीं मिलेगा।
वाह! यह हमको पसंद, इसको पैक करवा दो।

यह देखिए।

हमारी बड़ी बेगम के लिए ऐसा ही बड़ा और खुबसूरत हीरा दिखवाओ।

शेख साहब! फिलहाल तो कोई बड़ा हीरा नहीं है।
हमारा आर्डर कैंसिल!

अगर आपके पास बड़ा हीरा होता तो हम मुहं मांगा रकम देता।
www.chachachaudhary.com

Jewellers
सर्रॉट !

वो हमको रूकने का इशारा करता ।

शेख साहब ! आपको बड़ा और सुंदर हीरा चाहिए तो मेरे साथ चलिए ।

मेरा हीरा देखकर आपकी तबीयत खिल उठेगी ।

चलो ।

हमारी मंजिल आ गई ।

रघु ! अजनबियों को अड्डे पर लाना मना है।

धमाकासिंह ! बड़े हीरे के लिए ग्राहक लाया हूं।

शेख साहब ! यह हीरा आपकी बेगम को पसंद आएगा।

माशा अल्लाह ! हम इसको अभी खरीदेगा ! कीमत बोलो ?
एक करोड़ !

हम तुमको मोबाइल से डिजिटल पैमेंट करता।
नहीं !

तो फिर चैक चलेगा ?
हमारी मार्किट में सिर्फ कैश चलता है।

हम अपना कैशियर को फोन करता, वह नकद रकम ले आएगा।

एक करोड़ कैश लेकर आओ।

कुछ देर बाद।
कैशियर अब तक आया क्यों नहीं ?
ट्रैफिक जाम में फंस गया होगा।

खट ! खट !!
कैशियर रुपया लाया होगा।

अपने साथियों से कहो, बाहर से पैसा गिनकर ले आएं।

बॉस ! मेरा 2 % कमीशन।

वाह ! एक करोड़ नकद !
बॉस ! हम भी दर्शन कर लें।

?!
यू आर अंडर अरैस्ट !

धोखा !

फायर! बच के जाने ना पाए।

राट! टाट!!

लंबू! तुम मौत के मुहं में आए हो।

तुम शराफत से नहीं मानोगे।

धड़ाक क!

बड़ाक् क् !
आऊ !

आपकी मोबाइल लोकेशन ट्रेस करके हम आ गए।
वेलडन! इंस्पेक्टर!

रघु! तुम यहां ?
मैं समझ गया था कि हीरा चोरी में तुम्हारे यहां का कोई मुखबिर ही शामिल होगा, तभी मैंने यह शेख बनने का नाटक रचा।*

यही तो मुझे हीरा खरीदने यहां लाया है।
यह तो मेरी दुकान का कर्मचारी है!

* चाचा चौधरी का दिमाग कम्प्यूटर से तेज चलता है।

लाल पगड़ी को मार डालो !
राट टाट !!
धड़ाक !
तुम बाज नहीं आओगे ।
किक !
जिस थाली में खाया, उसी में छेद किया ।
लालच अपराध को जन्म देता है ।

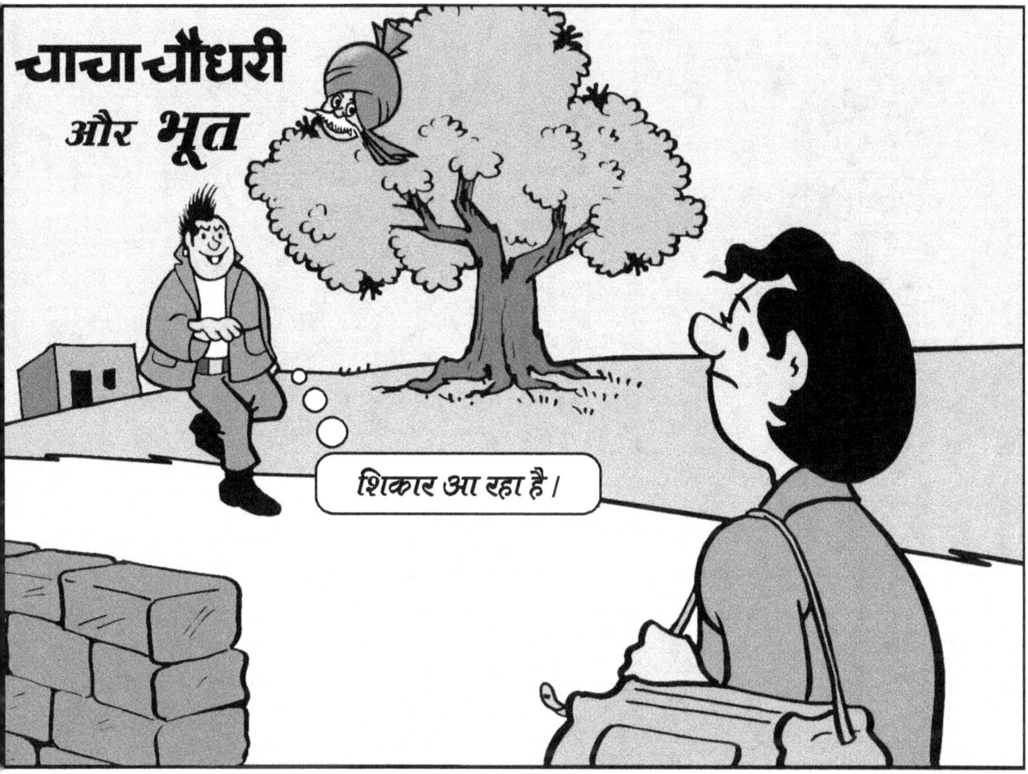

चाचा चौधरी और भूत

41

मामाजी वहां क्या कर रहे हैं ?

मामाजी ! कहां हो ?

हू - हू !!

?!!

हऊआ !

धड़ाक क !
www.chachachaudhary.com

भूत ! भूत !! बचाओ !

हा ! हा !! अपना सूटकेस छोड़ गया ।

कुछ देर बाद ।
एक और शिकार । इसे भी जाल में फंसाता हूं ।

आपके मामाजी बुला रहे है ।

कहां हैं, मेरे मामा ?

वहां, ऊपर छत पर ।

यहां तो कोई नहीं है, छत खाली है।

ऐसा कैसे हो सकता है ?

हैं !! भूत, मंगू कहां गया ?

यह रहा तुम्हारा हऊआ वाला भूत।

तुम्हारी चालाकी नहीं चलेगी।

अच्छा ! तो जाओ।

तड़ाक क्!
आऊ ऊ ऊ!

हाय, मेरी कमर टूट गई।
बेवकूफ! मेरे मामा को तो मरे हुए कई साल हो चुके हैं।*
* चाचा चौधरी का दिमाग कम्प्यूटर से तेज चलता है।
चाचाजी, शुक्रिया मेरे रुपए वापिस दिलवा दिए।
चलो, बड़े घर!

भारत के त्यौहार

दीपावली

दुर्गापूजा

गणेश चतुर्थी

क्रिसमस

दशहरा

कृष्ण जन्माष्टमी

ओणम

रक्षाबंधन

पोंगल

होली

भारतीय महापुरुषों की जीवनियां

महात्मा गांधी

मदर टेरेसा

चाणक्य

गौतम बुद्ध

रवींद्रनाथ टैगोर

छत्रपति शिवाजी महाराज

भारत के प्रधानमंत्री नरेन्द्र मोदी

ए.पी.जे. अब्दुल कलाम

सुभाषचन्द्र बोस

डॉ. सर्वपल्ली राधाकृष्णन

X-30 Okhla Industrial Area, Phase-II, New Delhi-110020
Ph: 011-40712200 e-mail: sales@dpb.in website: www.diamondbook.in